Baila, Tanya

SATOMI ICHIKAWA

Baila, Tanya

Un cuento de PATRICIA LEE GAUCH

SerreS

Para Claudine y Anne,
que adoran el ballet.

La pequeña Tanya adoraba el ballet.

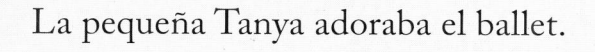

Cuando su hermana mayor Elisa se ponía el maillot y las zapatillas para practicar, Tanya se ponía una camiseta y se quitaba los zapatos para practicar ella también.

Cuando Elisa ensayaba las posiciones —primera,
segunda, cuarta y quinta—, Tanya la imitaba.

Si Elisa hacía un perfecto *plié*, lo mismo hacía Tanya.

Si Elisa ensayaba la *pirouette* y el *arabesque*, Tanya también.
A ella le gustaba sobre todo el *arabesque*.

A veces, Tanya prefería bailar sola,

o hacer un *pas de deux* con Bárbara, su osita bailarina.

Y cuando su madre ponía el disco de *El lago de los cisnes*
y Elisa bailaba el tema completo con *arabesques* y *jetés*
todo a lo largo del salón, Tanya se ponía su tutú y bailaba
con *arabesques* y *jetés* también por todo el salón.
Tanya hacía muy bien de cisne triste.

Pero después, Elisa se iba a la academia y, claro, Tanya quería ir también. Entonces su madre le decía: "Tú eres demasiado pequeñita, mi Tanya. Cuando seas mayor..."

A veces a Tanya la dejaban ir a la academia, pero solo para mirar a través del cristal y ver cómo Elisa y las otras bailarinas hacían sus *arabesques* y sus *jetés* en la gran sala de baile.

Un día de primavera, cuando ya las flores mostraban todos sus colores, Elisa se preparó para una función de ballet muy especial.

Se puso un nuevo tutú de pétalos de flores, se pintó los labios de rosa
(por primera vez), se puso un poco de colorete en la mejilla y su madre
la peinó e hizo una larga y sedosa trenza con su cabello.

Y acudió mucha gente a verla bailar. Hasta vinieron los abuelos que vivían en el campo, y tía Mary, que siempre llevaba sombrero, y tío Lucas, que nunca se reía.

Tanya también fue, y la pobre casi no podía ver por culpa de aquel señor con sombrero que se sentó delante de ella. Pero sentada sobre sus talones pudo ver a su hermana, una magnífica bailarina sobre el escenario.

Tanya estaba tan feliz y tenía tanto sueño...

"Tienes una gran bailarina en la familia", susurró tía Mary cuando salieron
a un vestíbulo lleno de conversaciones y de sombreros. Aunque Tanya no pudo
escucharlo porque se había quedado dormida en brazos de su madre.

Pero después de que regresaron a casa y tomaron café y rieron y comentaron de nuevo lo bien que bailaba Elisa, alguien puso en el tocadiscos *El lago de los cisnes* y Tanya se despertó.

Sin que nadie la viera, se puso su tutú y su chal, y bailó.
Bailó sola.

La música sonaba intensa y dulcemente y ella hizo un *plié* con *arabesque*
y cinco *grands jetés* a lo largo de todo el salón.

"Baila, Tanya", dijo su hermana, mientras su madre contenía el aliento. La abuela la miraba por encima de sus gafas. "Tienes dos magníficas bailarinas en la familia", dijo. Todos aplaudieron. Y Elisa también.

Tanya había interpretado tan bien al cisne triste...

"Saluda, mi Tanyta", dijo su madre. Y Tanya hizo una reverencia.

Después regresó a gatas al regazo de su madre, como una gatita cansada, y se volvió a dormir.

Pero su madre no olvidó aquello. Y el día de Navidad, por la mañana, Tanya descubrió bajo el árbol un gran paquete para ella. Dentro había una preciosa mochila con unas mallas y unas zapatillas de ballet de su talla.

"Vamos, no lleguéis tarde", dijo su madre cuando era la hora de ir a la academia. "Llévate tu mochila", le dijo su hermana, y entonces Tanya se dio cuenta de que, desde ese momento, ya no era tan pequeña.

La imaginación de la escritora e ilustradora Satomi Ichikawa es tan fértil y variada como las aventuras que sabe crear para sus personajes. Ilustradora de *Here a Little Child I Stand*, una colección de poemas, ha dibujado también las imágenes de los libros interactivos *Merry Christmas* y *Happy Birthday*, y de los deliciosos álbumes *Nora's Castle* y *Nora's Star*, entre muchos otros de la editorial Philomel Books.

Nacida en Japón, se trasladó muy joven a París, donde lleva viviendo casi diez años. Pero, al igual que muchos de sus atrevidos personajes, Ichikawa posee un espíritu aventurero y viaja constantemente por las pequeñas ciudades de EE.UU. e Inglaterra, países en los que se siente como en su propia casa, dibujando siempre sus paisajes y dando a conocer el país a sus propios habitantes.

Patricia Lee Gauch, autora de *Christina Katerina and the Box*, *Christina Katerina and the Time She Quit the Family*, y *This Time, Tempe Wick?*, es directora editorial de Philomel Books. Escribió este cuento expresamente para Ichikawa, gran apasionada, como ella, del ballet. Patricia vive con su marido en Nueva Jersey.

Título original: *Dance, Tanya*
Adaptación: Miguel Ángel Mendo
Fotocomposición: Editor Service, S. L.

Editado por acuerdo con Philomel Books

Texto © Patricia Lee Gauch
Ilustraciones © Satomi Ichikawa

Primera edición en lengua castellana para todo el mundo:
© 2002 Ediciones Serres, S. L.
Muntaner, 391 – 08021 – Barcelona

ISBN: 84-8488-032-X